# PETIT
# RECUEIL POÉTIQUE

DÉDIÉ AU JEUNE AGE

( EXTRAIT DES FABLES ET POÉSIES DIVERSES )

PAR

**ALEXANDRE DEPLANCK**

*Membre de la Société impériale des Sciences, de l'Agriculture et des Arts de Lille.*

TROISIÈME ÉDITION

**Augmentée de Pièces nouvelles.**

PARIS,
E. DENTU, LIBRAIRE-ÉDITEUR,
Galerie d'Orléans, 13
(Palais-Royal).

LILLE,
L. QUARRÉ, LIBRAIRE-ÉDITEUR,
Grande-Place, 64.

CHEZ LES PRINCIPAUX LIBRAIRES.

PETIT

# RECUEIL POÉTIQUE

DÉDIÉ AU JEUNE AGE

PETIT

# RECUEIL POÉTIQUE

## DÉDIÉ AU JEUNE AGE

(EXTRAIT DES FABLES & POÉSIES DIVERSES)

PAR


**ALEXANDRE DEPLANCK**

Membre de la Société impériale des Sciences, de l'Agriculture et des Arts de Lille.



3me ÉDITION, AUGMENTÉE DE PIÈCES NOUVELLES.

| PARIS | LILLE |
| --- | --- |
| E. DENTU, LIBRAIRE-ÉDITEUR | QUARRÉ, LIBRAIRE-ÉDITEUR |
| Galerie d'Orléans, 13, Palais-Royal. | Grande Place, 64. |

Et chez les principaux Libraires.

1864

# A MES ENFANTS.

Charmants lutins, tyrans bénis
Qui m'avez obligé d'écrire,
En me payant d'un frais sourire,
Ces vers — pour vous seuls réunis;
Lisez-les, apprenez-les vite,
Mais n'allez pas vous effrayer,
Quand vous saurez les bégayer,
Si le monde les discrédite.

La poésie est — entre nous,
Le lot des rêveurs et des fous;

N'y risquez pas vos jeunes têtes !
Et, tout en suivant mes leçons,
Devenez banquiers ou.... maçons,
Ne devenez jamais poètes !

---

PETIT

# RECUEIL POÉTIQUE.

## L'ÉDUCATION.

---

Parmi les espaliers d'une muraille grise,
Un sauvageon vivait en toute liberté.
« Chers compagnons, dit-il dans un jour de fierté,
Je suis sorti d'un noyau de cerise :
Le rang de cerisier m'appartient de plein droit.
Viennent le printemps et les roses,
Vous verrez que mes fleurs écloses
Se changeront en fruits, les plus beaux de l'endroit.
Vous verrez ! vous verrez ! » — Mais lorsque dans la plaine
Le doux soleil d'avril fit pousser le gazon,

Le pauvre sire mit à peine
Un seul petit bouquet en maigre floraison.
Point de fruits, cela va sans dire.
Et tous les espaliers de rire !...
Alors, un vieux pêcher, qui portait bien quinze ans,
Prit la parole au nom de ses confrères :
« Nous avons beau nous vanter en tout temps
D'être nés les fils de nos pères ;
Nous avons beau comme eux nous couvrir de bourgeons ;
Sans la greffe qui rend notre sève féconde,
Et sans le jardinier dont la main nous émonde,
Nous restons simples sauvageons ! »

Jeunes gens, c'est à vous que ma fable s'adresse.
De l'éducation qui vous taille et vous dresse,
J'ai voulu rappeler le bienfaisant pouvoir.
Un arbre sans culture est un arbre stérile ;
Et l'homme, fût-ce un roi, n'est qu'un être inutile
S'il ne possède pas la greffe du savoir.

---

# LA CHARITÉ.

---

Une pauvre petite fille
Tendait, en sanglotant, la main.
Elle n'avait plus de famille
Et tremblait de froid et de faim.
« Par pitié ! disait-elle, accordez-moi du pain !... »
Mais la neige tombait, et les gens passaient vite
Sans vouloir écouter la voix de la petite.
Dans la rue où l'enfant pleurait,
Une autre jeune fille, heureuse et souriante,
Avec ses parents demeurait.
Elle aperçut de loin la triste mendiante.
« Sais-tu, maman, dit-elle à sa mère, pourquoi,
Lorsque je suis si bien vêtue,

Cette pauvrette a froid au milieu de la rue ?
N'est-elle pas semblable à moi ? »
— « Oui, mon enfant, lui répondit la mère ;
Aux yeux du Maître de la terre,
Petits et grands, nous sommes tous égaux ;
Mais chacun a sa part de plaisirs ou de maux :
A l'un va la misère, à l'autre la richesse ;
Et ces lots différents sont échangés sans cesse.
C'est pourquoi Dieu voulut, dans sa toute bonté,
Que le destin n'eut pas de rigueurs implacables ;
Et pour venir en aide aux pauvres, nos semblables,
Il nous donna la Charité. »

---

# LA LUMIÈRE.

## FABLE.

---

> « Le Dieu, poursuivant sa carrière,
> Versait des torrents de lumière,
> Sur ses obscurs blasphémateurs. »
>
> (Lefranc de Pompignan)
>
> *Ode sur la mort de J.-B. Rousseau.*

Un soir, la Lampe, la Chandelle,
La Bougie et le Gaz se prirent de querelle.
La Chandelle tentait des efforts superflus
Pour mettre au premier rang ses modestes vertus.
— Qui donc vous croyez-vous, ma mie ?
Lui répliquait dame Bougie,
Vous êtes peuple, et rien de plus;
Moi du moins, j'appartiens à l'aristocratie.

La lampe, carrément, se vantait à son tour :
Elle éclipsait Chandelle, et Bougie, et le reste;
Quant au Gaz, se croyant d'origine céleste,
Il brochait sur le tout et criait comme un sourd.
On ne savait auquel entendre!...
Lorsqu'un vieux réverbère eut le bon goût de prendre
Les choses de plus haut qu'un vulgaire quinquet.
« L'orgueil fait trembloter leurs flammes éphémères,
Dit-il avec pitié, holà! mes chers confrères,
L'Electricité, s'il vous plaît,
Pourrait bien rabaisser un peu votre caquet!...
Mais tantôt le Soleil, notre aîné, notre maître,
A l'horizon va reparaître;
L'avez-vous entendu se vanter quelquefois
Que devant son brasier nos petits feux pâlissent?
Non; Dieu lui dit : Éclaire! —Il éclaire à sa voix;
La terre et les cieux resplendissent,
Et l'astre radieux, humble dans sa grandeur,
Accomplit chaque jour l'ordre du Créateur,
Sans s'informer le moins du monde
Si quelqu'un l'applaudit ou si quelqu'un le fronde. »

Pionniers de l'esprit, littérateurs titrés,
Savants officiels et savants ignorés,
Doux poètes vêtus de ratine ou de soie,
— Plumes d'aigle ou plumes d'oie, —
Profitons de l'enseignement.
La science pour l'homme est aussi la lumière;
Sans morgue portons-la, chacun dans notre sphère,
Et nous remplirons dignement
Le beau rôle que Dieu nous donna sur la terre.

---

# CLOCHES DU SOIR.

Cloches du soir, qui du haut de l'église
Jetez au loin des sons mystérieux,
Ne chantez-vous que pour la folle brise
Ou votre voix s'adresse-t-elle aux cieux?

Annoncez-vous aux pauvres de la terre
Que leurs douleurs un jour devront finir ?
Demandez-vous une oraison dernière
Pour des chrétiens qui viennent de mourir?

Lorsqu'au milieu du silence et des ombres
Vous réveillez les échos du saint lieu,
Faut-il aller sous les portiques sombres
S'agenouiller et rendre grâce à Dieu ?

Mais n'est-ce pas au chœur des petits anges,
Dont chaque nuit retentissent les airs ,
Que vous mêlez vos pieuses louanges
Pour adorer le roi de l'univers ?...

Cloches du soir, qui du haut de l'église
Jetez au loin des sons mystérieux,
Si vous chantez ce n'est pas à la brise ,
Vos doux accents ne s'adressent qu'aux cieux !

---

# L'ARAIGNÉE.

Dans maint récit de fabuliste,
L'abeille et la fourmi tiennent le premier rang ;
On pourrait imprimer tout une longue liste
Des honneurs sans pareils que la muse leur rend ;
Mais la fileuse résignée ,
L'hôtesse des sombres maisons ,
Est méconnue et dédaignée....
Elle est laide, elle est pauvre — excellentes raisons
Pour qu'on méprise l'araignée !
L'autre jour, j'en vis une à mon plafond noirci ;
Elle y tendait son filet de dentelle.
Je fis un mouvement — « Arrête ! cria-t-elle,
O mortel généreux ! je suis à ta merci.

Que sur mon sort ton intérêt prononce :
Je te délivrerai des moucherons impurs.
Si tu permets .... » — Ma canne apporta la réponse,
Et le filet brisé vola contre les murs.
Un quart-d'heure après, l'ouvrière
Au même endroit rajustait ses fuseaux.
De nouveau j'agitai la canne meurtrière
Pour mettre son œuvre en lambeaux.
Elle reprit cinq fois sa tâche courageuse ! ....
Alors moi, tout saisi d'un sentiment profond,
Je déposai mon arme.... Et depuis, la fileuse
Peut, ainsi qu'il lui plaît, décorer mon plafond.

Vous avez bien compris l'apologue, je pense ?
L'être le plus infime est utile, après tout ;
Et de sots préjugés il sait venir à bout,
S'il comprend le pouvoir de la persévérance.



---

# LE DAHLIA ET LE RÉSÉDA.

---

Un grand dahlia pourpre étalait au soleil
Sa couleur éclatante et sa tige pompeuse.
« Certes, s'écriait-il, je n'ai pas mon pareil !
Le Lys, le Chrysanthème et la Rose mousseuse
Ne sont, auprès de moi, que simples fleurs des champs.
On ne me trouve point chez d'humbles artisans;
Il me faut d'un palais le splendide parterre;
Enfin, je suis le roi des produits de la terre! »
Un petit réséda répondit aussitôt :
« Que votre Majesté ne parle pas si haut!
Vous avez la beauté, la puissance en partage...
Mais le parfum suave est-il votre apanage ?

Sachez-le bien : celui qui nous créa tous deux,
Vous glorieux et fort, moi chétif et modeste,
N'a pas voulu qu'ainsi vous fussiez seul heureux ;
Il divisa ses dons, dans sa bonté céleste,
Et vous donna du corps l'éclat et la grandeur ;
Vous ôtant le parfum, — cet esprit de la fleur. »

---

# LES OISEAUX DE PAULINE.

---

Pauline était vraiment une exigeante fille.
Lasse de ses joujoux fanés et tout meurtris ,
Elle voulut avoir une cage gentille
Appendue au plafond d'un marchand de Paris.
On lui donna la cage. Il lui fallut encore
Le petit peuple ailé qui chante dès l'aurore...
Sa mère était si faible, et son père si bon,
Que d'oiseaux babillards elle eut plein son jupon.
Oh ! qu'elle fut heureuse, alors l'enfant gâtée !
A ses chers commensaux elle fit la pâtée ;
Leur offrit le millet, le biscuit chaque jour ;
Et reçut — pour merci — des chansons en retour.

Mais, par un beau matin, l'espiègle créature,
Prise de tendre amour pour des jouets nouveaux,
Mit si bien dans l'oubli les malheureux oiseaux,
Que la moitié périt, — faute de nourriture !...

D'autres petits oiseaux veulent des soins plus doux :
Ce sont les bons instincts ; votre cœur est leur cage.
Pour entendre toujours leur gracieux langage,
Enfants, veillez sur eux ; — enfants, veillez sur vous.

---

# LA VIGNE.

Attachée à son mur, près d'un palais de verre
Où vivait chaudement tout un peuple de fleurs,
Une vigne jalouse exhalait ses douleurs :
« O vous qui me forçez à subir ce calvaire, »
Disait-elle en tordant ses longs bras amaigris,
» Dieu cruel ! regardez : depuis deux mois qu'il dure
L'hiver a, feuille à feuille arraché ma parure ;
J'ai honte et froid sous le ciel gris !
Dans la serre pourtant les plantes sont si belles !...
Dieu puissant ! faites-moi transporter auprès d'elles! »
En ce moment le jardinier passait.
Il répondit aux plaintes de la vigne :
« Sais-tu bien, folle insigne,
Quel serait ton destin si l'on te déplaçait ?

Condamnée à fournir sans relâche et sans trève
Les produits de ta sève,
Comme ces fleurs, que tu vantes à tort,
Tu languirais bientôt, et, bientôt épuisée,
De tes sœurs du jardin tu serais la risée....
Il faut savoir souffrir lorsqu'on veut être fort. »

---

# LE CARILLONNEUR FLAMAND.

J'aime le vieux clocher qui penche,
Où les corneilles font leurs nids,
Où retentit chaque Dimanche
La cloche aux tintements bénis.
Dans l'escalier de pierre grise
Mes pieds ont creusé leur sillon;
Il tourne dix fois sur l'église
Avant d'atteindre au carillon.

En bas tout s'agite et tout gronde,
En haut sonne un joyeux Noël....
Les bruits et les clameurs du monde
N'arrivent pas si près du ciel.

Quand mon orchestre métallique
Éclate en vibrant dans les airs,
Devant son merveilleux cantique
Les oiseaux cessent leurs concerts;

La brise retient son haleine ;
Le soleil adoucit ses feux :
Des blés et des fleurs de la plaine
Monte un encens mystérieux.

En bas tout s'agite et tout gronde,
En haut sonne un joyeux Noël....
Les bruits et les clameurs du monde
N'arrivent pas si près du ciel.

Pauvres qui pleurez sur la terre,
Riches qui cherchez le bonheur,
A l'heure où chante la prière
Écoutez le carillonneur.
Sa cloche vous dira qu'en somme
Des biens perdus la foi tient lieu :
Tout est faux et petit chez l'homme,
Tout est grand et juste chez Dieu.

En bas tout s'agite et tout gronde,
En haut sonne un joyeux Noël....
Les bruits et les clameurs du monde
N'arrivent pas si près du ciel !

# NIDS ET BERCEAUX.

---

Pourquoi la frileuse hirondelle,
Qui part quand la feuille jaunit,
Au retour du printemps sait-elle,
Sans chercher, retrouver son nid?
C'est que dans le cœur de vos mères,
Petits enfants, petits oiseaux,
Dieu mit en brûlants caractères
Le souvenir de vos berceaux....

Petits enfants, petits oiseaux,
Le bon Dieu garde vos berceaux.

Avant que votre aile timide
Ose essayer son premier vol,

Avant que vous puissiez sans guide
Glisser vos pieds blancs sur le sol,
Combien vos mères ont d'alarmes !
Petits enfants, petits oiseaux,
Que de douleurs et que de larmes,
Ont coûté vos charmants berceaux !...

Petits enfants, petits oiseaux,
Dormez en paix dans vos berceaux.

Mais quand sur votre bouche rose
Un frais sourire vient briller,
Quand votre petit bec se pose
Au bord du nid pour babiller,
Le bonheur enivre vos mères,
Petits enfants, petits oiseaux,
Et l'oubli des peines amères
Leur vient auprès de vos berceaux...

Petits enfants, petits oiseaux,
Soyez bénis dans vos berceaux !

# LE MERLE ET LA SERINETTE.

---

Sur une serinette,
Un merle avait appris mainte et mainte chanson.
Il chantait de façon
A mettre au désespoir la joyeuse alouette.
Chacun dans le quartier répétait ses refrains ;
Partout on le citait comme un oiseau d'élite ;
Et bientôt devant son mérite
Baissèrent pavillon et pinsons et serins.
C'était justice, — en apparence.
Ce merle était, vraiment, tout pétri de science ;
Il connaissait à fond clé de fa, clé de sol,
Tantôt chantait en ut, tantôt en mi bémol.

Mais la foule capricieuse
Crut trouver, certain jour, sa méthode ennuyeuse.
« Ecoutez-le siffler : toujours les mêmes airs!
« — Il n'a pas d'avenir, disait le journaliste.
« — Il est savant, mais il est triste, »
Remarquait finement l'amateur de concerts.
Bref, notre bel oiseau, bafoué d'importance,
Pour un chanteur des bois se vit abandonné.

O Merles à deux pieds, que le vulgaire encence!
Apprenez, qu'en tous temps la nature a donné
Plus de charme au gosier des petites fauvettes,
Que n'en auront jamais vos doctes serinettes !

---

# LE BAPTÊME DE LA POUPÉE.

---

Autour d'un frais berceau ruisselant de dentelles,
Vingt têtes de lutins s'agitaient bruyamment
Et bavardaient, Dieu sait ! — C'étaient des demoiselles
Qu'un baptême assemblait en ce grave moment.
L'aînée avait douze ans ; elle était la marraine.
Le nouveau-né, perdu dans un flot de satin,
Possédait l'œil brillant et la mine sereine
D'un gros bébé tout neuf acheté le matin.
On avait préparé des gâteaux, des dragées,
Et les chaises étaient près des tables rangées.
Vous savez qu'aujourd'hui l'on ne baptise pas
Une honnête poupée en simple aventurière ;
Il faut d'un certain luxe embellir le repas ;
La dînette avait donc une allure princière.

Lorsque chaque invitée eut grignoté sa part,
La marraine, prenant le bébé dans sa couche,
Commença ce discours en s'essuyant la bouche :
« Chères belles, donner un nom à ce poupart
Cela ne suffit pas ; nous sommes réunies
Pour agir envers lui comme de bons génies.
Que chacune de nous lui donne une vertu !
Vous savez qu'il en faut, pour briller dans le monde.
A l'œuvre donc ! silence ! et que l'on me réponde.
Toi, d'abord, Marguerite. Eh bien ! que donnes-tu ?
— Moi, je veux qu'il soit beau. — Toi, Jenny ? — Qu'il soit riche.
— Toi, Berthe ? — Qu'il soit brave et vainqueur de l'Autriche!
— Et toi, petite Emma ? — Qu'il soit sage. — Bien dit !
Toi, Rose ? — Moi, je veux qu'il ait bon appétit.
— Et toi ? — Moi, je lui donne une âme charitable.
— Moi, l'art de bien danser. — Moi, celui d'être aimable.
— Moi, de l'esprit. — Et moi, du talent. — Moi, du goût.
— Moi, la force. — Et l'adresse. — Et la grâce.... » — Est-ce tout?
Dit alors la maman de l'une des rieuses ;
« Vous faites, mes enfants, les choses comme il faut,

Et votre cher filleul n'aura pas un défant.
Mais dans ces qualités, plus ou moins précieuses,
Vous avez oublié la meilleure, entre nous,
Celle qui du mérite éloigne les jaloux ;
Celle qui fait honneur aux petites poupées,
Bien plus que la beauté, la grâce ou le talent ;
Qui fait qu'on ne les voit nulle part occupées
A vanter à tout coup leur personne en parlant ;
Celle enfin qui leur vaut accueil et sympathie ;
Cette qualité-là s'appelle : modestie ! »

---

# LA LUCIOLE ET LA VIOLETTE.

---

La Violette, un jour, dit à la Luciole :
« Ma chère sœur, vous êtes folle
De vouloir éclairer ce brin d'herbe le soir!
A-t-il des yeux pour la lumière? »
— « Vous le parfumez la première!
Sent-il donc mieux qu'il ne peut voir?...
Des richesses que Dieu nous donne
Nous ne devons priver personne.
J'ai la clarté, vous la senteur,
Eh bien! prodiguons-les, ma sœur,
Sans demander pour les répandre
Si le brin d'herbe sait comprendre! »

---

# L'OISEAU-MOUCHE ET LA LINOTTE.

---

Un oiseau-mouche avait ménage
Dans un étroit logis, où son gentil lignage
Sous l'aile maternelle à l'aise se tenait.
Couvert de mille fleurs, le champ voisin donnait
Le pollen parfumé pour la famille entière ;
Aussi, chaque matin, priant à sa manière,
Au rayon de soleil qui dorait son berceau,
Elle chantait : « Merci » dans sa langue d'oiseau.

Une linotte, un jour, vit ce bonheur modeste.
« Quoi! dit-elle, est-ce là vivre en hôte des airs ?
A-t-on des ailes, pour qu'on reste
A voleter ainsi sur l'herbe des prés verts ?

Regardez-moi ce nid ! le dé d'une nourrice
Est de moitié plus grand ! et puis, le beau caprice
Que de manger des fleurs !... L'abeille au corset d'or
En fait son régal, passe encor !
Ce n'est qu'un insecte vorace ;
Mais un oiseau ! mais nous !... Opprobre de ma race !
Allez, petites gens, je ne vous connais pas ! »

— « Ma cousine, répond l'ami du blond Zéphyre,
Chacun à sa taille, ici-bas,
Doit mesurer ce qu'il désire.
Mon horizon borné, mon petit nid, mes fleurs
Sont un monde pour moi, monde où je règne en maître ;
J'y suis heureux, — et ne veux pas connaître
Les biens plus séduisants qu'on peut trouver ailleurs. »

Oiseaux-mouches humains, de ceci prenez note :
Le bonheur est partout ; sachez donc le saisir ;
Et quand dans votre ciel passe quelque linotte,
Laissez-la bavarder, si tel est son plaisir.

---

# LE FLEUVE ET L'HIRONDELLE.

---

Certain fleuve, aux échos des rives solitaires
Racontait les splendeurs du château de ses pères,
Et vantait, en passant, l'âge de son blason
Qu'il faisait remonter jusqu'au temps de Jason.
Quelquefois il disait, avec des airs superbes :
« Que pourrait-on trouver de comparable à moi ?
De cent plaines, au moins, que je traverse en roi,
Je veux bien consentir à féconder les herbes ;
Et dans ma course immense, entraînant les vaisseaux
Vers les ports fortunés qui me doivent la vie,
Je force la tempête à respecter mes eaux,
Et l'Océan lui-même à me porter envie.

Oh! je suis un grand fleuve!! » — « Un sot, un orgueilleux,
Lui répondit un jour la rapide hirondelle.
Hier, à ton berceau, j'ai pu tremper mon aile ;
Connais-tu le castel de tes nobles aïeux?
C'est un maigre rocher, moussu, pelé, sauvage,
D'où tombe, goutte à goutte, un si petit filet,
Qu'une fourmi saurait le passer à la nage,
Et qu'il serait couvert du nid d'un roitelet.
Pauvre esprit! cesse donc d'afficher ta naissance;
Tu te gonfles des eaux du ruisseau, du torrent;
Sans eux, que deviendraient ta force et ta puissance?
Par toi seul tu n'es rien : les autres te font grand. »

La leçon était rude à recevoir, sans doute;
Mais à tout parvenu, fût-ce un fleuve bavard,
Qui se vante et s'oublie au terme de la route,
Il fait bon rappeler l'humble point de départ.

---

# LA MARGUERITE AU LIVRE.

---

En visitant, un jour, mon jardin dépouillé,
Où les oiseaux frileux ne trouvaient plus de gîte,
Surpris, je m'arrêtai près d'une marguerite
Qui se montrait encor dans le gazon mouillé.
Eh mais ! que fais-tu là, lui dis-je, ma petite ?
L'hirondelle est allée à l'orient vermeil ;
Les grillons sont muets ; les brillants scarabées,
Par novembre engourdis, commencent leur sommeil ;
Sous la bise du nord les feuilles sont tombées,
Et tes sœurs, tristement vers la terre courbées,
Pour sourire aux passants attendent le soleil.

La fleur me répondit : Dieu permet que je vive
Quelques instants de plus, ami, pour que ta main
Me sauve de l'hiver qui menaçant arrive ;
Je suis la Poésie aimante et fugitive ;
Cueille-moi vite, hélas ! je dois mourir demain!...

Voilà pourquoi chez moi la pauvrette est venue
Se cacher dans ce livre, à l'abri des autans;
Elle est toute fanée, aujourd'hui !.... Mais sa vue
A mon cœur rajeuni rappelle le printemps.

---

## LE PRINTEMPS REVIENDRA.

Une hirondelle, l'an dernier,
Avait, au coin de ma fenêtre,
Bâti le palais printanier
Où sa famille devait naître.
L'hiver est venu ; les petits,
Avec la mère sont partis !
De leurs chansons, toujours nouvelles,
Un autre ciel retentira....
— Laissons partir les hirondelles,
Le printemps les ramènera.

Sous le manteau des bois ombreux,
Au mois de mai, les violettes

Se cachent dans les chemins creux,
Parmi leurs sœurs les pâquerettes.
Aujourd'hui les bois sont déserts,
Et l'on voit passer dans les airs
Leurs feuilles que le vent emporte....
Ombrage et fleurs, tout périra !...
— Laissons tomber la feuille morte,
Au printemps elle renaîtra.

Myosotis, qui vous mirez
Dans les ruisseaux clairs des prairies ;
Jeunes filles, qui soupirez
Après vos guirlandes fleuries ;
Fauvettes, qui ne chantez plus ;
Beaux papillons, pauvres reclus ;
Ne perdez pas toute espérance,
Votre martyre finira....
— Encor quelques jours de souffrance
Et le doux printemps reviendra.

---

# SAVOIR ET CHARLATANISME.

---

Dans un hameau perdu de la vieille Armorique,
On vit, un jour, descendre en pompeux appareil,
Resplendissant comme un soleil,
Un docteur très-célèbre en fait de linguistique,
Tout gonflé de synthèse et bardé d'esthétique.
« Villageois! — criait-il d'une voix de stentor, —
Accourez tous! Ici je viens pour vous instruire ;
J'enseigne l'art profond de parler sans rien dire ;
Puis ceci, puis cela : mille choses encor
Beaucoup trop longues à déduire! »
Jugez de la rumeur! Les gens à gros sabots
Laissent-là soupe au lard, pots de cidre et fagots,
Pour écouter cet homme rare.

Il débuta, primo, par un discours tartare ;
Puis, il fit de l'arabe ; et passait à l'hébreu
(Les paysans, penauds, n'y voyaient que du feu)....
Quand l'un des auditeurs, lassé de se morfondre,
D'un air narquois l'interrompt tout-à-coup :
« Hé ! monsieur le savant ! vous pérorez beaucoup...
Mais parlez notre langue ! — on pourra vous répondre. »

Le rustre avait cent fois raison.
Bavards sempiternels, charlatans de science
Qui cherchez un public, quelle qu'en soit l'essence,
Méditez bien cette leçon :
Voulez-vous sans ennui qu'on puisse vous entendre ?
Commencez, avant tout, par vous faire comprendre !

---

# LA STATUE DE NEIGE.

Il me souvient qu'un jour, — bien loin dans le passé, —
Vers l'école, où trônait sur la chaise curule
Le grave magister armé de sa férule,
J'allais, l'oreille basse, apprendre l'A B C.
La campagne, l'été si poudreuse ou si verte,
D'un joli manteau blanc alors était couverte,
D'étincelants cristaux pendaient aux bords des toits,
Et des petits garçons, bravant la froide bise,
Élevaient, vis-à-vis de notre vieille église,
Un monument de neige — en soufflant dans leurs doigts.
C'était une statue. — Un des sculpteurs en graine,
A tous les citadins qui passaient devant lui
Disait : « Mes chers messieurs, veuillez prendre la peine

De servir de parrains à notre œuvre aujourd'hui :
L'appellerons-nous prince, ou général, ou fée ?... »

Le curé, qui survint, répondit doucement :
« Enfants, puisqu'il fondra, votre brillant trophée,
Si le soleil jaloux se montre un seul moment,
Baptisez-le du nom de cette autre statue,
Que le public élève un jour de passion ;
Dressée avec amour, avec rage abattue,
Comme la vôtre, hélas ! elle est vite fondue ;
C'est, — retenez-le bien, — LA RÉPUTATION. »

---

# LE LAPIN ET LA LOI.

---

Au fond de son terrier, loin des bruits de la ville,
Un vieux lapin vivait tranquille.
Il était revenu des erreurs d'ici-bas,
Méprisait les grandeurs, et n'aimait dans la vie
Que bon gîte et bon repas.
C'était un animal plein de philosophie !
Toutefois, un nuage offusquait son bonheur.
Il avait vu tomber sous le plomb du chasseur
Tantôt un bout de queue, et tantôt une oreille,
Petits détails pour son grand cœur !
Mais vous comprenez à merveille
Qu'il était devenu prudent,
Et n'osait plus sortir, de crainte d'accident.

Lorsqu'un jour, dame Renommée
Vint dire au philosophe : « Ami, sois libre enfin !
La loi qui fixe ton destin,
Par le gouvernement vient d'être proclamée.
Tu peux, sans redouter le fusil meurtrier,
Te promener gaîment autour de ton terrier
Pendant que la chasse est fermée.
Bon ! pensa notre ermite ; et, comme il faisait beau,
Il prit sa canne et son chapeau,
Courut au bourg voisin, passa chez un libraire,
De la loi précitée acquit un exemplaire,
Et se dit : « Maintenant je sais, à bon endroit,
Que le législateur m'a concédé le droit
De braver, en été, toute méchante affaire. »
En achevant ces mots, Jean Lapin, fort surpris,
Aux lâcs d'un braconnier tout-à-coup se voit pris.
« Hé ! cher ami, cria la bête,
Nous sommes en juillet ! Où donc as-tu la tête ?
La chasse est close ! à bas tes engins superflus !
L'arrêté que voici, signe ma délivrance !.... »

L'ami lui répondit : « J'aime ton éloquence,
Mais puisque je te tiens, je ne te lâche plus. »
Un agent de Thémis passait là, d'aventure ;
Il formula bien vite un bon procès verbal....
Et puis — à son profit — confisqua l'animal.
Enfin, et pour conclure,
Le braconnier, jugé, fut mis sous clé trois mois,
Et le lapin fut.... cuit, — à la barbe des lois.

De ceci, la morale aurait pu se traduire
Par ces mots : Nul ne peut échapper à son sort.
Ou : Contre le puissant, le faible a toujours tort
(Ce sont là vérités bien vieilles à redire !) ......
Moi, j'ai voulu prouver simplement, et sans art,
Que le lapin se prend encore au traquenard,
Et que, malgré leurs lois, dans les temps où nous sommes,
Une bête d'esprit doit se garder des hommes.

# ABEILLES ET FOURMIS.

---

« Pourquoi chercher un autre gîte,
Une autre reine et d'autres fleurs ?
Si votre ruche est trop petite,
Vous pouvez l'agrandir, mes sœurs ! »

Tel était le prudent langage
Qu'une fourmi du voisinage,
Tout en roulant son grain de blé,
Tenait à l'essaim rassemblé.

— « Oh ! dit l'une des émigrantes,
Vous savez amasser des rentes,
Ma sœur, et tirer grand profit

Des choses que le bon Dieu fit;
Mais la nature de l'abeille
N'est pas à la vôtre pareille :
Vous, vous appauvrissez le sol ;
Nous, par le travail qui féconde,
Nous allons enrichir le monde ! »

Et soudain elle prit son vol.

---

# L'ÉPREUVE

ANECDOTE

C'ÉTAIT le six décembre ; on voyait dans la rue
Une foule nombreuse et bruyante, accourue
De cent points à la fois pour célébrer le jour
Du bon saint Nicolas, l'ami des blondes têtes,
Le grave ordonnateur des innocentes fêtes,
Le complice obligeant du maternel amour.
Et tout ce monde allait de boutique en boutique ;
Et dans chaque étalage, un amas fantastique
De bonbons, de gâteaux, de jouets merveilleux
Forçait les grands-papas à fouiller dans leurs poches
Au profit de marchands, — au profit des mioches
Qui, muets, éblouis, dévoraient tout des yeux.
En simple observateur souvent je me promène ;
J'avais donc vu de près cette adorable scène,

Et j'y songeais encore en suivant mon chemin,
Quand j'aperçus, tout pâle et criant la famine,
Un petit mendiant, appuyé de la main
Contre les bois dorés d'une riche vitrine.
A son aspect mon cœur s'émut de charité :
J'allais faire l'aumône à l'enfant misérable ;
Mais il me vint ensuite un mouvement coupable;
Ceux-là, vous le savez, ont la priorité.
Tout-à-coup je pensai qu'il pouvait être utile
D'étudier d'abord cette âme juvénile;
Je crus qu'il devait être amusant de savoir
Combien d'instincts mauvais elle allait faire voir;
Et tenant une pièce d'un franc, toute neuve,
Je marchai vers l'enfant et commençai l'épreuve.
—Petit, lui dis-je alors, j'ai surpris le secret
Que ton front de huit ans dissimule avec peine;
J'y vois contre le riche et l'envie et la haine,
Et pour ta pauvreté la honte et le regret.
Je suis saint Nicolas. Prends cette pièce blanche;
Entre chez le marchand; je t'offre une revanche :

A ton tour sois heureux; tu feras des jaloux....
Satisfais à la fois ta faim et ta colère!...
L'enfant leva sur moi son regard triste et doux;
Puis il dit simplement, en prenant les vingt sous:
Merci, Monsieur ... Je vais les porter à ma mère!

Pauvre cher innocent! Je l'avais soupçonné
D'être à notre modèle en tous points façonné!...
Oh! penseurs — Oh! rêveurs, — gens d'esprit que nous sommes!
Taisons-nous!... Les enfants valent mieux que les hommes.

---

# L'ALOUETTE, LE BŒUF ET L'ANE.

---

Un jour, l'âne et le bœuf marchaient de compagnie.
L'âne au marché voisin transportait son froment ;
Le bœuf à son labour allait tranquillement.
Ils ne faisaient entre eux point de cérémonie,
Et le long du chemin causaient — tout bonnement.
En les voyant passer, voici qu'une alouette
Leur chante, à pleine voix, sa plus neuve chanson.
Elle disait ainsi « bonjour » à la façon
D'un oiseau bien appris qui veut payer sa dette.
— « N'écoutons pas cette amusette,
Fit l'âne à son ami ; c'est vraiment grand' pitié
Qu'une bête folle à moitié,

Un être sans valeur, une espèce inutile
Ose nous saluer d'une chanson futile !
Marchons ! » — « Arrêtons-nous, dit le bœuf; cette voix
Me donne du courage et me charme à la fois.
Elle rend moins profond le sillon que je creuse,
Moins lourd le soc pesant qu'il me faut charrier ;
Tu méconnais en vain sa tâche généreuse :
Moi, je sais la comprendre et la glorifier. »

Dans notre monde on trouve encor bien des profanes.
Pour eux l'art bienfaisant n'est qu'un mot — tout au plus...
L'artiste doit chercher des esprits moins obtus :
Ceux-là ce sont les bœufs ; — les autres sont des ânes.

---

# LE GATEAU DE NOEL.

Auprès d'un modeste foyer,
Où venait s'engouffrer la bise,
Un soir d'hiver était assise
La famille d'un ouvrier.
Le père, à quarante ans à peine,
Paraissait déjà vieux ; sur ses traits affaissés
Les rides annonçaient la fatigue et la gêne,
Trop communes douleurs des pauvres délaissés.
La mère était l'un de ces anges,
Symboles gracieux d'espérance et de paix,
Que Dieu mit sous le chaume, et sous l'or des palais,
Pour apprendre aux mortels à chanter ses louanges.

Enfin, trois enfants blonds et doux
Opposaient leur visage rose
Au front pâle et morose
Du père, qui berçait l'un d'eux sur ses genoux.

C'était Noël. — Dans l'air, d'invisibles musiques
Répétaient en écho les célestes cantiques.
L'univers saluait le Verbe rédempteur ;
Et la pieuse ménagère,
D'un frais gâteau, béni par les mains du pasteur,
Avait accompagné son frugal ordinaire.
« Allons, à table, enfants ! » dit-elle. — Les marmots,
Affamés et joyeux, s'élancent à ces mots
Vers le festin nocturne.
Seul, le mari restait dans son coin, taciturne.
« A quoi bon, pensait-il, célébrer l'heureux jour
Où l'Homme-Dieu parut pour délivrer le monde ?
Dans le cercle où je vis, je regarde à la ronde,
Je n'y découvre, tour à tour,
Que travail et misère, injustice et bassesse !....

Non, non ! le Christ, pour moi, ne tint pas sa promesse!
Tout-à-coup, l'ouvrier entendit près de lui
Sa femme qui disait d'un accent de prière :
« Ami, viens avec nous ; nous fêtons aujourd'hui
Celui qui pardonna sur la croix du Calvaire,
Celui qui nous apprit à son dernier moment
Ces mots divins : Amour et dévoûment ! »

O merveilleux pouvoir d'une sainte parole !
Le dévoûment, l'amour, par eux tout se console !...
Aussi, l'époux, honteux de son doute cruel,
Dans la main de l'épouse alla mettre la sienne...
Et la famille entière à la fête chrétienne
S'unit — en partageant le gâteau de Noël.



---

# TABLE.

Lille, Horemans, Imp. de la ville.

DU MÊME AUTEUR

# FABLES

ET

# POÉSIES DIVERSES

Un volume in-18 jésus.

DEUXIÈME ÉDITION.

LILLE. IMP. BOEHMANS.

www.ingramcontent.com/pod-product-compliance
Ingram Content Group UK Ltd.
Pitfield, Milton Keynes, MK11 3LW, UK
UKHW021144220726
13924UKWH00003B/1015